绿地文学丛书第二辑

旷野集

KUANG YE JI

顾荣 著

黄河出版传媒集团
阳光出版社

图书在版编目（CIP）数据

旷野集 / 顾荣著. -- 银川 : 阳光出版社，2014. 7
（绿地文学丛书. 第2辑）
ISBN 978-7-5525-1341-7

Ⅰ. ①旷… Ⅱ. ①顾… Ⅲ. ①诗集—中国—当代 Ⅳ. ①I227

中国版本图书馆CIP数据核字(2014)第149551号

绿地文学丛书 第二辑
旷野集 顾 荣 著

责任编辑 冯中鹏
封面设计 王 婧
责任印制 岳建宁

黄河出版传媒集团
阳 光 出 版 社 出版发行

地 址 宁夏银川市北京东路139号出版大厦（750001）
网 址 http://www.yrpubm.com
网上书店 http://www.hh-book.com
电子信箱 yangguang@yrpubm.com
邮购电话 0951-5044614
经 销 全国新华书店
印刷装订 宁夏润丰源印业有限公司
印刷委托书号 （宁）0015995

开 本 880×1230mm 1/32
印 张 5.25
字 数 120千字
版 次 2014年7月第1版
印 次 2014年7月第1次印刷
书 号 ISBN 978-7-5525-1341-7/I·441
定 价 16.80元

序

杨森君

这本书的作者——顾荣兄是我的学长，比我高三届，同就读于宁夏大学政治系。虽在同校同系，却不曾有过交往，更不知顾荣兄读大学时居然也是一迷恋诗歌的“狂热分子”，因为事实上，在上世纪八十年代，诗歌在青年学子的心目中占足了席位。写诗基本被看成是有才气的象征。那真是一个不可多得的时代。显然，顾荣兄是沉得住气的。因创办诗社之故，我几乎认识宁夏大学所有写诗写得小有名气的人，包括已经毕业的学长学姐们，唯独不识顾荣兄，直到 1985 年我大学毕业，才知道，早于我三年分到灵武一中的顾荣兄其实是一位深藏不露的诗人。我们之间渐渐有了交往，当然，更多的时候是我向他请教政治教学中的一些经验。这期间，我读过顾荣兄的若干诗歌，并且还把他的诗歌刊登在学校油印的诗刊《蓝星星》上，后来又帮他把诗歌推荐到《六盘上文艺》（后改刊名为《六盘上》），据说，这是他在正规刊物上发表的第一首诗歌，也即他的处女作。没过多久，顾荣兄调回石嘴山工作，这一别就是二十多年。二十多年，我们没有过任何联系，只是偶然一次听说顾荣兄离开了教育界，到煤炭系统工作了。

2014年年初，我接到了顾荣兄的电话，虽然这么久没有联系，但是，电话接通，亲切如故，见面才知，顾荣兄对诗歌的热情一直没减，且越来越痴迷，只不过顾荣兄不事声张，写下的作品，也从不示人，当然，他的妻子例外。顾荣兄告诉我，他有一个心愿，希望我能帮他看看诗，提提建议，我说好啊，两天后，他即通过电子邮箱发来了他的一部书稿——《旷野集》。看后，我真有些吃惊，这兄也太低调了啊，写了这么多，足够出一本书了，更让我感动的是，说实话，现在像他这样年龄一大把的人，有多少人还会把诗歌当回事。看在顾荣兄对诗歌一往情深的份上，我主动提出帮他联系出版，了却他年轻时就曾有过的一个梦想。很快，这件事就如愿了。这当然更要感谢资深编辑家、著名作家、银川市原文联主席高耀山先生、著名小说家王佩飞先生，是他们牵线搭桥，将这部诗集编入一套丛书。他们如我一样，感慨于顾荣兄长期怀有的对诗歌敬畏般的热爱。值此，《旷野集》在尘封了二十多年之久之后终于有机会面世了。

说到《旷野集》，我们当然不能太过苛求，也不能抱着过于专业的眼光来审视，它毕竟是作者写于上世纪八十年代，其语言风格、思维态势、立意、技巧等毫无疑问都带着那个时代必然带上的气息。读《旷野集》中的诗篇，当然要把它放在那个特定的语境中来读、来理解、来思考。因为，中国的人文环境、中国近三十年来的诗歌生态，已经发生了很大的变化，人们的思维、趣味、价值观，早已不再像上世纪八十年代那样单纯可辨了，而是变得多元、复杂起来。不过，当我们怀着一颗追忆往事、回顾流逝岁月的心来读这些诗篇时，我们依然能够感受到一颗青春的心曾经是如何沉浸在诗意中的，又是如何在这种诗意的萌动中如杜鹃啼血，如花朵绽放。这部诗集的出版，我想，对顾荣兄而言，一定是一个有意义的纪念，一种有着落的寄托，因为有它为证，顾荣兄曾经与多数正值青春期的年轻人一样，有过迷茫，有过挣扎，有过对爱情的痴狂，有过对信仰的半信半疑，有过对人间是非的心灵定位……等等一切都曾让顾荣兄通过诗歌的方式给出了他个人的样本。

所以，《旷野集》带给我们的，未必时尚，但却是经历；未必花哨，但却诚恳。正是在它看似奔放的叙述中，我们看到了顾荣兄对待感情细腻、倾心的一面，对待事物谦卑、深情的一面，它是另一个顾荣或者说是顾荣的另一个——隐现在诗学里，不可自拔，如痴如醉。如果以《旷野集》为线索找到生活中的顾荣，可能会令我们大吃一惊，如此斯文十足、平和谦逊的一个人，居然在诗歌中可以咆哮如雷；如此看似不争不辨的一个人，居然在诗歌中是非分明，爱憎不二。这也许就是生活与艺术不能等同为一的原因，它们之间必定存有异质性，只有这样，才会使得一个人的人生变得更有张力，更富有意味。顾荣兄以诗歌赢取了他可贵、可爱的一面，虽然这一面被他隐藏得有些太久，但最终还是让我们看见了，并且让我们分享了。我们有理由相信，在往后的岁月里，顾荣兄将会义无反顾地在诗歌创作之路上追索，找到与当下诗歌语境的契合点，洗心革面，立竿见影，继续他的诗人之梦。

2014 年 5 月 13 日

目 录

目录

目录

目录

目 录

目 录

往事如烟

暴风雨之夜

大雨倾注，
我整个身子在暴雨下毫无遮掩，
天公发怒了，
整个世界连同我被它猛烈地抽击着。

远处在轰鸣，
雾水茫茫，
万物在它的威慑下颤抖，
汹涌的洪水在黑色的公路上闪着白光，
我在暴风雨之夜疾行，
像一叶孤帆。

可怕的雨夜张开它湿淋淋的巨口在吞噬我，
密布的阴云向旷野伸出它的长弦弹出临终的哀曲，
风鸣奏着，
恐怖吧，
罕无人迹，
大地都被滔天的洪水淹没了，

道路无法辨认，
雨水在我的头发上开启出条条小溪遮住了我的视线，
我已离开了道路，
找不到归途，
四处无援，
我以为我就要死去。

我久久伫立在暴风雨的旷野，
生命已超脱出我的本身，
一切都消失了，
欲见不能见，
欲行不能行，
我全部交诸于我的自然了。

雨水在我全身狂吻着，
朦胧中又赐给我一个甜美的梦，
合上双目我躺在母亲给我铺好的温软的床上，
炫目的灯光下，
我仿佛看见小妹快乐的面庞。

我是活着的，
我的身体温热了，
我孤独但不恐惧，
我心里明白：这样的暴风雨之夜，
始终有一盏灯在寻找着我，

我看不见它，但它看见我。

1985 年 10 月 29 日

生命世界

时间，
正以它坚定的步伐向我走来，
又把我远远地抛在它后面，
我以为它永远是简单的重复，
我用来采集果实的篮子到今天还是空的。

我总在它的空隙里甜蜜地入睡，
从一个夜晚到另一个夜晚，
我为有这样的幸运衷心喜悦，
许多由诗歌串起来的幻想，
从一个噩梦走向另一个。

我终日沉湎在我过去的回忆里，
像是翻阅那发黄的杂志，
我以为我知道了过去就获得了知识，
茫茫书海，
至今，
我却失落了双桨。

仅为痛苦而放声地痛哭，
那是懦夫，
仅为时间而去珍惜每一分钟，
那是无意义的。
我在时间中睡去，
又在时间中醒来，
现在，
我只把我的步伐和着它的节奏。

1985 年 10 月 30 日

致被遗弃的女人

坚强起来吧，
被遗弃的女人，
挣断那哀伤的思绪，
把羞愧深埋在心里而扬起头来，
并且原谅他，
他抛弃了你，
你不能抛弃自己。

1985 年 11 月 2 日

消隐的音乐

我是永不会对你说，
你的漂亮的脸庞，
绰约的风姿，
温柔的目光都不是对我的，
虽然我的眼睛和你长久地相遇，
你把你少女的秘密柔情送到我的心里。

我们的距离很近，然而很远，
我的心本是开启的，可也是封闭的。
槐树白色纯洁的花儿正在开放，
隔河飘来它清香的气息，
我所能给你的已在深情的凝注中默许，
我们的一段衷曲却在你百般柔顺的眼睛
和你冰凉的手指间成为别时的回忆。

1984 年 6 月

命　运

命运、命运、命运，
我不悲叹你，
阳光轻拂的早晨我的心中没有黑暗，
夜晚来临我心中依然充满光明，
我不在清晨悲哀，
我不在夜间痛哭。

命运、命运、命运，
我不悲叹你，
簇拥的人和我擦肩而过，
有年轻的，年老的，
他们嘴角紧闭，
把秘密紧锁，
我想象世间不幸的命运不仅仅独是我。

命运、命运、命运，
我不悲叹你，
我们来到这个世界上，

悲叹是无用的，
从生到死的此岸和彼岸中，
从“恐怖”到“无畏”对我倒是一个奇迹。

1985年12月

旷 野

无情的旷野在烈日下卷起一阵阵热浪，
白云静止，空气凝固，
因着无雨而燥热。
走在这无屏障的路上像走上人迹罕至的荒漠，
我的心阵阵绞痛着，
我注视着原野灰色的壁虎一样的建筑物，
惊异这里的人将怎样繁衍自己的子孙。

你至终衰老了，
因为没有雨水来滋润你曾经柔润的土地，
你脸上的皱纹明显了，
眼睛枯竭无神而充满血色。

啊，旷野，
你曾哺育我，你把你的郁闷传给我，
你曾有过的咆哮着的洪水冲击着我的胸怀，
赞叹着你的魅力给我插上了飞翔的翅膀，
你宽大的胸怀将我拥抱，

置别离前的眷恋。

离开了你，
我曾热爱过的旷野，
那大自然对你施加了什么魔咒，
把你折磨成今天这个样子呢？
他们享尽了你的欢乐，
为什么又把你抛置一边呢？

你以你神圣的力量曾经征服过人类，
桀骜不驯，
放荡不羁。
汹涌着力量的洪水被闸断了，
疲倦的你，
可怜地喘着热气。

奔腾吧，
勇敢的你，
撕裂这坚硬的大地从岩缝中跳出，
以你孕育多年的力，
泛滥这曾经是你辽阔的土地，
什么都不要管吧。
咆哮的你，
你的衰老是因为你所受的苦难，
用你泛涨的洪水填平你衰老的皱纹，

你只有你来滋润你自己，
把你的枷锁套上给你套上的那个恶魔，
来吧，
吼叫的你，
我将用我的生命来迎接你。

1984 年 8 月

颤　跃

我相信我对于你的爱是深沉久远的，
在今晚蛙鸣四起的静夜，
关于你的回忆总把我带回
那倦慵而又发狂的年代，
仿佛茫茫夜色的静寂，
举目星光，
又近又遥远。

那以往美好的回忆，
珍珠般地串起，
当燥热的空气始终不肯消隐，
细雨就从天际翻涌而来，
带着甜柔圆润的歌声，
田野的空气流动着，
漫向无光的沉夜。

你是海上暴风之夜的灯塔，
在我心中阵涌起对你的缅怀之情，

渴望达到你光明的使者，
抚触你的温存，
承你的柔意，
但你不可近，
永立于礁石之上，
以照亮周遭一切的目光，
望我归去来兮。

1985 年 6 月

出　嫁

喧闹的世界恢复了它的静谧，
风与树的和鸣奏起单调的音乐，
黑的路消失在它的热望之中，
她纷乱的思绪在树林中穿行。

月儿把它的光从树隙中透了过来，
沐浴它，
树叶激动地颤抖着，
它的光投到姑娘清俊的面庞上，
辉映着串串泪珠。

寄托着姑娘新月的梦曾使她如此狂热，
它多少次向她倾吐佳期的秘密，
如今，如今姑娘的心变了，
她无法整理自己的心绪。

秋日金黄色的一个傍晚，
迷离的双眼在月光下闭合，

在无法诉说之悲哀中悟出了一个真谛：
至诚的爱是痛苦的，
无法如偿如愿。
于是她重新恋爱，
明天，姑娘就要穿上新婚的盛装，
今天的眼泪是对她所爱的人最后的报答。

1983 年

远

你温和的笑容在你脸上隐去，
以无限的幽怨对着我。
我沉默着，
那在我心中燃起的希望之光，
像你的笑容一样默然隐去。
我惊呆，
你要我记起属于你的高雅的地位，
我是力求缩短我们之间的距离，
你用你柔软的小手轻轻地拉长。

1983 年

微 语

我要把我对你说的话锁在我的心里，
我将永远不让它萌发，
它无法诉说，
在我心里跳跃不安，
传导给我双倍的快乐。

我总在捕捉你沉静柔和的目光，
希望找到我日夜所期望得到的。
我尽情地享受着你，
你温存的话儿给我带来细雨般的柔意，
光明布施在我的全身心中。

海的风暴不时在我心中卷起层层激浪，
我的心随着你在船上颠簸，
我的船离码头已不远，
我伸出双手拼力，
可我无法驶进你永恒的岸边。

你是神圣，庄严的代表者，
让我的心里永远保持对你的敬畏吧！
不能诉说的，其实已经昭然若揭了，
我的心对你已经悄声表白过了。

1985年2月

分　离

分别的时候到了，
眼泪是无用的，
他贪婪地吻过你花朵般平润的脸庞，
又抛弃了你，
但最后一句话还要由你说出。

他不爱的时候，
热泪无法溶化他比石头还僵冷的心，
男人，像了解你每一个手指。
在爱的幽深的梦里，
痛苦的火焰将会猛烈地燃烧。

为他打开你的房门吧，
不要让他在嘲弄你的眼泪中告别，
让他知道你的眼泪不为他而流，
是用来浇灭你心中对他的爱情。

1985 年 9 月

你去了

在老妻的身旁，
你道了句，
“头昏”，
便无力地躺在她的膝上。

春日无风的夜晚，
花儿还没有开放，
静的大街在无人知晓中睡眠，
时间载着生命，
已进入了弥留的状态。

当早晨的阳光惨白地照耀在你的工作台上，
你的椅子默默地守候，
翠绿的文竹伸向你，
办公室每一个人都感到，
由你带来的空气中有几分凝重。

你的眼睛永不愿意睁开，

你永不再理会你老妻和女儿的哀哭，
你的精神和肉体在分野的线上微弱地战斗着，
死亡在窗外强有力地召唤。

你去了，
来不及向妻儿告别，
那是你唯一要做的，
来不及向金钱、地位告别，
你应该有的。

在许多被人瞧不起的闲散日子中失去了，
像风一样远，
你不需要在首长忏悔和安慰的悼词中，
好友的垂怜下痛苦地告别。

1985 年 9 月

美

我生命的音符在你上面找到了它的意义，
我为你而活着，
美丽者。
虽然你没有令我心醉的外表和内心，
虽然因为你我也不会得到更多，
我还是要放弃我的幸福，
为你我也甘愿流尽最后一滴血，
我看到听到的都要我这样做，
我的血沸腾着响应你的号召，
你是事业，
也是我活着的精神。

1985 年 10 月

意　志

一

失败一百次一千次吧，
人的意志是钢铁、是岩石，
在火里锤炼……

意志是母亲给我们的，
为了生的欲望，
我们必须坚忍着。

童年的幸福离我们很遥远，
留恋那孩提时代吗？
无法挽回那无知的童稚。

海的喧嚣和山的沉默，
太阳的壮烈和月亮的温柔，
花朵般的思想在花蕊上停住。

第一次生的欲望就激起我们奋勇的追求，
但毫不例外我们失败了，
也就知道什么是痛苦，
我们深重的忧虑变为慎重的选择，
姑娘流的是热的眼泪，
小伙子是正义的愤怒，
我们啊，
还是在慨然中行进。

二

我们的父辈很平凡，
没有显赫的家族，
没有遗传的天赋，
血管里流的是工人、农民的血。

路有，
属于我们的是艰难的路，
连求师都能受到侮辱，
命运中每一个点都是鄙夷的目光。

我们有的人选择了堕落，
但不要怪罪我们，
无法在侮辱中振奋，
必然在侮辱中沉沦。

我们不能结束我们的生命，
高墙的空地里也会有花朵在开放，
人也有第二次苏醒。

闪电走遍诸天在呼唤着雷雨，
暴风雨来临却冲击着我们的胸怀，
彻底的唯物主义者呀，
不也是经过暴风雨考验吗？

无果的花在晚秋的废墟里瑟瑟发抖，
愿望的楼梯也许建在虚空，
知识竞争的海潮在夜里不眠地咆哮。

追求是无望的，
无望也要追求。
失败了，
也是失败的胜利者。

孙中山失败了，
但他是胜利者，
拿破仑失败了，
但他是胜利者。

满足于自我欣赏，

满足于自我认识，
满足于自信心。

因为我们的意志啊，
在烈火里锤炼，
是钢铁、是岩石。

1985 年 10 月

正　气

永不在虚伪中戏弄你自己，
你知道种子播下迟早要开出恶之花，
在血液里，
那不洁，
涌淌着淹没了留给后代的土地。
即使我们穷困是因为没有权柄，
还有最后一点力气把头昂起，
自然地微笑，
愤怒如非洲狮。
不要像主人的狗一样，
可怜地要一块啃完的骨头。
衣服撕烂了，
人们嘲笑你混得落花流水，
但你仍不失人节。

1985 年 11 月

泰戈尔

诗人，
你完成了你时代的绝唱，
你祖国的土地上，
在旁遮普、孟买和印度河，
每一座庙宇，
每一处东方街道，
贫苦的人在疲乏的劳动中忧伤地唱着你的歌。

你优美的歌唱，
并不由你温柔的低音不能振翅飞翔，
中国和欧罗巴，
在上世纪初就听到了你金色的声音。

诗人有什么样的美丽而神奇的想象，
你从早到晚坐在菩提树下，
严峻的思想在阳光下展开光辉的每一时刻，
都在你无畏的心里永驻，
当星光透过密叶在天际处召唤，

冰冷的雨滴就落在你的膝上，
光明与黑暗在你心里慈悲地交织，
诗句由心底到舌尖。

你不倦的的思想载着你不倦的脚步，
从诗人到哲人，
从宗教到音乐，
全世界还听到你和平的颤音，
你所在的贫瘠的土地上只有过去财富的影子，
思想还在原始的摇篮中睡觉，
你这集大成者，
在你祖国的峰巅上善良地微笑。

1986 年 9 月 26 日

情人别

为看到你，
也想和你约个日子，
在你的大门等你。

这时间羞得不能提，
使年轻女人脸深埋下去，
没有决死般的胆量，
敢去约一个已婚男人。

你来了，
像会见一个平常熟人，
微笑是你的善良装成的，
却忌讳我的等待。

不是你寻我上钩的吗？
不是你要我约你的吗？
不是你要我许诺的吗？

我的美丽消失了，
你的眼睛在说永别。

我在你的旁边走，
反衬你的年轻，
你的点点询问，
是你爱的施舍和了结。

1984 年 1 月

你走了

我爱你，
不知从哪天起，
或者在太阳即将升起天空布满朝霞的早晨，
或者在弯月斜照窗里夜不成寐的晚上，
那时你已经是一个大姑娘，
明眸望着我，
殷红柔软的嘴唇期待着我的热吻。

我等待了很久，
你口红退去的颜色，
每天都找我，希望说出一句话。
你终于走了，
带着对我胆怯的微笑走了。

我变得苍老，
没有一点儿力量和情敌竞争对你的爱，
虽然我的爱情已经到了瓜熟蒂落的季节，
可是我心中的玫瑰红却落尽了色彩。

1983 年 2 月

L少妇

你怎么这样纤弱，
莫非你有深深的忧伤，
你怎么这样痛苦，
莫非你把旧情人怀想。

你说恋爱是迷人的，
结婚却把爱情埋葬，
早先贪上他的面貌、体魄，
现在却对高雅、懦弱产生痴想。

流下几滴无缘无故的眼泪，
对镜把自己憔悴的面容端详，
咳，流水落花花容即去，
心儿也像它一样慢慢死亡。

1983年3月

奋　斗

我走在荒郊小路上，
心中忧郁，
感到生活事业的重压，
不是幻想。

走过崎岖的路，
我失去了许多，
痛苦和忧伤，
使我接近了真理。

来到这个世界饱受磨难，
付出的代价很沉重，
为了后代必须默默忍受。

1983 年 3 月

献 给 Q

你来了，
以无声的雪花，
以腼腆的小雨。

你来了，
载着你轻盈的身子，
带着你纯洁无瑕的微笑。

你来了，
以飞掠过的眼神，
以软款的话语。

你来了，
我这新来的孤独者，
我想猜出你来这里的奥秘。
你来了，
你美妙无比，
你可望而不可即。

1983 年 4 月

自然界之威

风，
是自然界的呜咽，
雨，
是自然界的泪滴，
雷鸣和闪电，
是自然界愤怒的咆哮和露出发亮的牙齿，
至于地震，
那就是自然界疯狂的报复了。

1983 年 5 月

为了爱情话衷肠

我的花儿已开放，
引来哪个少年郎。

我的花儿有芬芳，
哪个少年知其香。

不要等着花已落，
你才来到我身旁。

花儿开，风儿吹，
默默无闻把神伤。

怎么样，怎么样。
你我都一样，
为了爱情话衷肠。

1983 年 7 月

回首也无望

北风吹，
芳草地，
寸断肠，
思念你，
难表述，
千回百转不能忘。

路漫漫，
夜茫茫，
心忧伤，
忆往事，
难回味，
只怪我胸量。

心里苦，乔伪装，夜里哭枕上，
朝也盼，夕也盼，
回首也无望。

1984 年 1 月

爸爸的火气

宝贝，
我有时为什么那么嫌恶你呢？
难道你不像一只毛绒绒的小狗，
在我跟前讨好地撒欢吗？
难道你不是把天上飞的鸽子叫做“鸡”吗？
你不是开口把饼干说成“比当”吗？
你不是把臭说成“透”吗？
我把你打哭的时候，
你泪流满脸，
不是还张着小手无助又胆怯地喊着“爸爸”吗？
不是吗？
你带着眼泪睡着了，
胖嘟嘟的小脸让人怜爱。
那我为什么有时那么嫌恶你呢？
因为你太可爱，
我没有能力教育你，
教育不好你是我的责任，
我自己尚先天不足，

这责任经常使我无故地对你发火。

1986 年 3 月

山区农民

城乡是一条无法跨越的河，
对于它人是无数的蝼蚁，
几千年厮守在早已干枯的河岸两边。

风蚀出的皱纹是道道年历，
昏花老眼对大河流出好些眼泪，
祖辈生出多少次幻想，
幻想就麻木多少代人。

远古悲凉的歌还在唱，
歌声飘进城里乐坏好些少男少女，

粗瓷碗里还盛着污水，
大风继续埋着这里的人心。

1986 年 4 月

河 边 散 步

夏天都快结束了吧，
傍晚还是很热很热，
太阳刚刚下去，
红霞却烧得很长很长。

走在黄河边看流水，
河风吹来一丝凉意，
泡沫像在翻滚着心事。

河水从很远很远而来，
见面是为了告别吗？

秋风什么时候吹来呢？
夏天人们已经倦怠了。

1986 年 5 月

雨淹大街

风雨好大，
吹折一棵槐树，
满街筒水。

一个女人，
奋力蹬着自行车，
两腿在街河里像划着两支桨，
衣服已经淋湿，
双乳羞遮于胸。

从我眼前走过，
所有的男人和我，
避在屋檐下。

1986 年 7 月

出　嫁

你嫁是嫁了，
还要流两行泪。

别，
是因为家，
间或童真，
甜酸苦辣的心绪，
一时难辨出滋味。

想茫茫人海里要倚住
他那只孤舟，
想泪从此要流在，
一个大男人的胸脯上。

唉，女人。

1986 年 7 月

写给N

深秋里你送给我一个微笑，
冰雪消融时才飘至，
三个月我在你的信息中支持住，
宁静而深沉的你啊。

你的行走如轻燕，
你的话如春风化雨，
并肩与你便如一则童话，
别的期望哪有啊。

1984年

窘　爱

伪装的爱词汇特别多，
深沉的爱却无法诉说，
每日都盼见到你，
见到你却又想去躲。

1984 年

其实……

其实，
男女无需过密的交往，
心灵碰撞过一次，
眼睛里就会永远闪耀火花。

其实，
我们的情感已止如水，
世界非常寂寞，
真希望爱情上激动几次，
跳动的脉管，
大胆地抗拒死亡。

其实，
几个世纪都虚伪过去，
矫饰应该燃烧，
如果感情不受愚弄，
行为会择良而居。

1984年

夏日的傍晚

金色的傍晚，
太阳刚隐居山下，
广袤的田野，
舒展开疲倦的身体，
空气中流动着芳香。

满天霞光，
起伏的山峦，
鲜花、野草、空气，
落日宁静的世界，
渐渐合拢她美丽的眼睛。

1984 年

小猫的幸福观

美餐在一顿小鱼之后，
小猫睡了，
双脚拢住秀脸，
睡姿很美。

小猫做了一个梦，
甜蜜的、纯洁的、幼稚的、无所谓的，

咪声细语，
缠绵于斯，
撒娇于主人的怀中，
满足于小猫的幸福。

1984 年

夜间的思维

幻想在夜间泛起，
幻想在夜间疾走。

思维燃起通红的大火，
焚烧着胸膛中的郁积。

磅礴的构思，
伟大的创举，
在这万籁俱寂之时。

划破夜空，
刺透厚云，

自由唯在这时，
而白天，
如一只瘟鸡。

1984 年

生与死的搏斗

失神的眼睛，
微弱搏动的心脏，
生命进入弥留状态。

痛苦如恶鹰盘旋，
俯冲无人之岛。

生死对峙，
眼前一片祥云。

渴望生的烈火猛烈燃烧，
烧的形神交瘁，
死亡之神终日在撕咬，
残缺不全的灵魂。

至终，
微弱的生让位于强盛的死了。

1986 年

寄曾卓

你的名字，
被一个失恋的女友推荐。

十年前，
她好伤心好伤心，
伤心地说，
只剩下你的诗了。

这女友不知在哪里了，
我已想不起她的名字，
也不知她熬过失恋没有，
但诗人你我找了整十年

走过多少次书店，
翻过多少本杂志，
或许见过你一两首小诗，
仍不见诗人的诗集。

我相信，
诗人能使女友熬过失恋，
找到诗人，
就知道女友的处境。

1986 年

无　题

你很美很美，
住在云彩里，
整个夏天你凝重地走来，
以雨滴使我的眼睛潮湿。

你在无云的天际，
对我表现你秀丽的蓝眼睛，

以秋风吹拂，
搅得我好缠绵好缠绵。

朔风横扫残云，
你封了我的情，
并带来西伯利亚冬讯：
严寒三九多练。

1986 年

你在哪里

心脏失血，
脉搏微弱，
我的灵魂的支柱，
在我明白的时候突然崩塌。

疲倦偷袭了眼睛，
双颊被刀斜削，
伸出嶙峋的双手，
渴望得到什么。

那东西太久远，
对于我们大家都一样，
为了做人的尊严，
需要正如阳光空气。

1986 年

命运的十字路口

我想我到抉择的时候了，
不这样我不能朝一个方向驶去很远，
我低下头做样子思考了，
我惊异我像一个哲学家那样，
三天三夜没有睡觉，
眼睛里有深思熟虑的红线记录，
头膨胀欲爆。

有人早有睿智，
告诉我人生很长，
紧要处只有几步，
我不会思考的日子几乎毁了我，
我今天活着全凭上帝眷顾。

1986 年

站在谷底

一个山谷，
永远是一个山谷，
常年守候着虚空，
胸怀够得上宽大，
望着白云而不忧愁。

我置身谷底，
如深入一个世界。

花在瘦弱地开放，
顽石老人般耸立，
不久一道黑影就掠过来。

传说这里曾屯过兵，
一场大火烧出过焦土，
现在那些幽灵哪去了，
午间只有和煦的阳光。

1986 年

一只小鸟

好美丽的一只小鸟，
独自在旷野中飞，
压倒寂寞，
唱于天下。

这样的鸟不多，
雨淹了她的老巢，
新巢筑于冰冷的土崖，
风暴到来的前夕，
这小鸟就唱歌壮胆。

啊！这孤鸟。

1986 年

父亲之死

父亲如一只大鹏被击中，
扑刺刺落在荒原上，
沉重地叹息一声仙逝，
眼睛不让合拢。

无神之幽光，
游离于天穹，
游离于屋顶，
游离于我。

尝闻悲切之声，
使逝者瞑目，
我淘三江四海泪水，
苦拜于父亲亡灵。

哭吻你冰冷的前额，
滴血你僵直的指骨，
未尽孝于你一杯清水，

晕眩间急盼你死而复生。

于未老未衰未病时，
绝妻儿女，
何期作速而去，
留遗恨化为千古。

1986 年

冬已尽

你最后一次咆哮，
预示你即离去，
折一朵小花，
向你致意。

你以威严布施大地，
封住河流，
冻凝一切，
德行泽于四方。

送你一首楚歌，
弹出十面埋伏，
绷断了弦，
沉雷大至。

1986 年

不要哭泣

生之痛苦，
死之悲哀，
全聚在串串银珠里，
唱一首婉曲，
道不尽的情绪，
写尽墨池，
难书其幽思，
不如破涕为笑，
人间幻景俱在此。

1986 年

遥寄

远处一女性走来，
脚步柔滑似水，
闲静似月，
微笑灿然如花。

蝉翼裙袂，
扬起一阵微风，
飘落碎花，
在南方某地，
某郎翘首焦望。

泪洒黄昏之后，
滤就了晶心，
雪沃原野催春至，
惊起篮羽两鸟，
衔微果核心惊飞。

1985 年

感　官

将感官幽闭，
屯扎寂寥心扉，
锁住江南烟雨蒙蒙，
狩猎于昔日戎马疆场。

舒展一下四肢，
继续睡于诗境，
一只小鹿，
跳跃涧边绿草。

夕阳如血，
歌声如泣，
独于秋风的缠绵，
衰落的灵魂如销。

1985 年

春　夜

写一封长信给你，
化蓝血走出我心迹，
很长，
走不出我弯弯的心室。

悠悠之梦，临渊而伫立，
嘶鸣的奔马，
留下清晰的足迹。

远古至今，
伤感诸事感动我，
想你的小手若温还凉，
啤酒那味足使我无眠。

1985 年

病中沉思真理

上三次刀山，
入三次炼狱，
脱苦海入太平世界，
我心悠然入岳。

绝世而去，
忆身前后事，
流水与落花，
默然逝去。

死亡之痛哉，
四大皆空，
恨不是一团火，
烧死书中蛀虫。

走在寂静的路上，
沉于昏暗房中，
把疼痛的血肉切除，

绞杀黎明于黑暗之中。

假如光亮又重燃，
身子比影子魁梧，
归来的新我，
在行为上定划出经纬。

扬微弱的瘦拳，
练蛮横的沙袋，
将蓬勃热血，
喷灌艳香春花。

1985 年

冬 夜

乌鸦在天黑之前的阴空中，
凄凉地叫了几声，
旷野里有两堆黑旋风在嘶奔，
荒冢里恶鬼在号。

夜，
很早就闭上了她迷离的眼，
长夜的安眠使她不愿醒来。

漫漫冬夜，
正在酿制一坛鸩酒。

冰雪趁夜封住了河面，
截住了春的信息，
只有一股细流在冰下蜿蜒。

1986 年

黄土高坡歌

都说那是一首好歌，
全世界恨不得唱，
要是撕裂了喉，
歌就从咙里出，
声带处于冬眠。

想那歌理应唱出坡上人的悲伤，
听那歌坡上人却遭到了耍笑。

当年城里人不是这样嚎的，
那歌最能唱出坡上人的心思。

忽一日下里巴歌唱出白雪，
东南风西北风都不是坡上人唱的歌，
坡上人的歌。

1990 年

鸽　子

一群鸽子在天上飞，
呼哨传来，
不以为养鸽人装上那玩意很有意义。

鸽子很平凡的低飞，
不像鹰搏击长空，
俯冲抓野兔那般强悍。

让鸽子象征和平，
大概在创世纪，
很多人相信它，
它真能衔回橄榄枝吗？

1985 年

我这小屋

出小屋，
那天送你 ，
在愁人的小雨里，
目送车轮载你至远。

我这小屋，
水并不很浅，
地禁不住潮湿了，
蜘蛛在上屋角结网，
丝缠了太久太久。

好凄凉的小屋，
自你生动的笑声溶在壁中，
那赤热的一点是什么，
从眼角滚落到枕角。

1985 年

仅此而已

把柔情的话语闷死，
把甜蜜的微笑拧碎。

在你我之间是一片死海，
你能听到我的声音。

那一步，
又远又近。

1985 年

心与舞

你在我心尖跳舞，
俯卧之上，
引谁心痛？
这无药可救的颤音，
这一去一返的永恒……

1985 年

刀 法

伸出想象的触角，
直抵无心湖，
已发现理还乱的心绪，
旁置一锋利小刀。

1985 年

老托尔斯泰之死

托翁七十几高龄，
突然和家闹分裂，
悄然坐火车，
离开亚斯那雅·波良那，
走出很远很远。

他到了一个小车站，
突然发烧，
这样他就离开了这个世界，
托翁的笔勾画了近一个世纪伟大的真实，
最后的笔勾勒了自己。

1986 年

独立秋风

秋风弹响心扉，
载原野条条细路，
流入七湾八河。

想原是大世界，
题人类悲欢离合，
乍甜还苦，
秋风吹落片片黄叶。

秋风里，
人消瘦，
叹身前身后百般诸事，
一场秋风休。

1986 年

不灭的灯

对楼有一盏不灭的灯，
和我的灯一样穿过黑夜，
织成两只明亮的眼睛。

你是谁?
守灯人，
你守灯的意义我不知道。

我默然肃立，
许愿从窗口架起一座桥，
允许思想从上面运行。

永远是两只不灭的灯，
标志着不倦的心在同时跳动。

1986 年

爱君去何速

在入秋的一个晚上，
你含悲逝去，
独留一满月容，
幽居我心。

洁白如雪，
置森然爽气，
一道慧灵泉语，
泽润干燥的唇。

目光慈爱深邃，
弹弦手如细姜芽，
琵琶曲曲哀婉，
回荡原野。

爱君去何速，
化胡茄十八拍，
野草曳，

山风鸣，
悲歌送，
俯首无望，
泪如泉涌。

1986 年

有人这样……

路已十分狭窄，
还挤了许多人，
挥汗如雨在拼运气。

我算什么，
有人骂我，
赐羞耻良种在我心田发芽。

移情感于小角，
离正路无路攀援，
灵魂溶于卑劣，
似病牛反刍。

悲哀银柱上升，
绝望与希望弱战在郊外，
不似肉体与小铅弹、核辐射，
大可不必。

若使一双旧皮鞋，
在无人处踢踢踏踏，
半夜后还睁圆眼睛，
究竟会怎么样，
谁也不知道。

1986 年

无　题

女人，
男人，
在小雨中，
在微风里，
大自然和人类拥抱，
——久违了……

1986 年

致素云

（素云是香港电视剧《京华烟云》中的女主人公，命运浮沉，是人生的一个缩影）

你有许多美丽的裙子，
钱一生用不完，
家世叠一层金影，
的确风风光光。

你如高山冷笑平原，
河水嘲弄小溪，
以遗传流动的高贵血液，
撰一篇身世浮沉录。

家尊大厦倾覆，
在你弄娇之间，
家门不幸，
古京城夜阑荡起哀歌。

抹几滴眼泪，
委屈与多情生芽，
梦寐中朵朵玫瑰，
在暖风中被撩动。

世海风情如是，
无不散的宴席，
择善而居，
扬木兰名不朽。

1988年

（注：木兰，剧中另一主人公，温柔、善良，以善报恶）

好 了 歌

总要爱那么一阵，
然后翻开《红楼梦》读好了歌，
那歌在恋爱前让人糊涂，
与情人分手后想做跛足道人。

1986 年

想起那一段历史

借三天东风，
吹一江碧水，
那豪情气势，
惭愧过许多代男儿。

捧读天下大势，
望空滴几行热泪，
远飞的大雁至占疆场，
遗几声凄音。

历史造一座露天舞台，
英雄飞马叱咤风云，
那场景够那个的了，
后来舞台成一本线装书，
它上面跳跃着许多小鬼。

1986 年

守　候

我知道你守候着什么，
当黑的夜以它的恐惧降临的时候，
悲哀和无尽思念的泪滴，
濡湿你的梦魂，
阵阵惊愕和无底的空虚向你袭来，
那新婚的无眠之夜啊。

我知道你守候着什么，
当花儿已经开放，
鸟儿飞来的时候，
那缠绕你的嗡翁的蜂儿，
却去修筑它的蜂房，
留下的只是美妙的阵阵回旋的歌声，
那新婚的无眠之夜啊。

1985 年 11 月 20 日

上帝的意志

阳光穿透我的后窗照耀在她的脸上，
光明中她的美毫无保留地袒露在我的面前，
我为她的真实而惊呆了，
我向造物主轻声呼唤：
赐给我吧，
赐给我以勇敢，
并让我的爱在她深的心灵里开花。

她的表情庄重而高贵，
她的眼睛一往情深，
她的嘴角闭合，
带着快乐的笑意，
启迪我：
当我浪迹天涯，
最后又回到她的身边的时候，
我知道，
这是上帝的意志，
是她精心的安排。

1985年11月20日

密　愿

每在我醒来睡去的时候，
我热望着什么呢?
我眼睛微闭，
渴望从心底的黑暗中飞出，
织成一幅幅绝美诱人的幻像，
啊，我爱。

我的爱是广大而无边的，
从过去走到现在，
渴望的烈火燃烧起我的深远的忧愁，
在这无边的苦海中感受你，
绝美诱人不消的幻像。

1985 年 12 月 9 日

缺 憾

啊，姑娘，
我的心因着你的爱而紧缩，
然后颤跃，
你温柔的目光永远对我满含微笑，
并且在所有的人都抛弃我的时候，
唯独你钟情于我。

我以为你的纯洁永远不会一瞥
那被污染的原是美丽的小河；
我以为你的高贵永远不会光临那无意义的角落；
我以为你的妙龄永远不会想到
被爱所遗忘超年龄的孤独者；
我以为你的笑声是专为少年准备的，
我像一个老人一样在一隅搜集年轻时的梦想，
花期已过，
果实都被我忽略了。

你的爱使我心中无限喜悦，

但我知道我是有罪的，
是我用我的吉他向你奏起 first love 情歌，
你知道那是专为你而发出的乐音，
你只是和着美丽的音乐舞蹈着，
夜阑人静，
当游人都散尽了的时候，
我将我悲哀的心收回，
乐曲撒向漫天。

晚风中你的声音从遥远的地方传来，
深沉而忧伤充满幽怨，
我在我的心里构出一朵迟开的玫瑰花，
在你的深爱中到达了你。

1986 年

我 的 爱 人

我有什么值得你垂青，
我的爱人，
你从双唇流露的微笑永远对着我，
在你心中我有至高无上的地位。
疲惫已极的我，
在你的抚触下浑然入睡。
我的财产极少，
向你袒露的只是我残缺的精神，
如果你珍惜，
就让它在初晓的晨风中迎接太阳，
重新发光吧。

1986 年

生活的力量

你是在我的长夜中升起的一轮光明的太阳，
你是在人流中突然显现的超群的美丽者，
你是端坐在我面前的
一尊不朽的塑像，
你是微笑的使者，
从远方而来，
你是无法用语言表达的，
在许多艰难困苦的日子里，
从你那里汲取力量，
你使我从蒙昧中走出，
不倦地追求你。

1986 年 9 月 26 日作

我的爱呢

为什么要避开我呢？
为什么要对着黑暗默默地流泪呢？
我的爱不是在你心花开放，
最欢悦的一天达到了你吗？
无数个白天和黑夜，
你唱着为爱情而编织的歌曲，
成长着的感情与日俱增，
不是要最终对着情人迸发吗？

我闯入了你单纯的生活，
给你带来了爱的眼泪，
为什么你爱我又埋怨我呢？
不是你鼓励让我爱你吗？
我跌撞地进入你撒开的情网里，
你俘虏了我，
又狠狠地把我扔到无爱的寂寞的海里，
你却在海边上胆怯地哭泣。

1984 年

不要说吧

真爱他吗？
我害怕我说假话而不敢说。
这天长地久的爱，
产生在我一颗卑怯的心灵里，
消磨了多少悲哀的时光，
在无边的书本里寻找她的意义和力量。

我要使我的学习征服你的爱，
我要使我崇高的修养把我的丑陋变得漂亮，
我要使我在冬天的一个寒冷的下午，
有足够的勇气来到你面前，
带着九死一生的爱，
抱吻着你美丽的双足，
我不对你发誓我爱你，
我的心会变得像女人一样甜柔，
只对你道一声“喜欢”。

1984 年

等 待

爱我吧，
我已经达到渴望爱情的年龄，
我的心像雨后纯净的天空。
鸟儿振翼在梦幻中飞翔，
思想染上了金色。

梦中掠过我耳边你轻微的话语，
温柔的一次无意的抚触，
发烫的脸儿，
激荡的心儿，
可我禁不住满心欢悦。

我的小船无主地漂在湖上，
极想靠近爱的岸边，
春天从那里已经送来芬芳，
四处都是陶醉人的恋歌，
可我的爱人为什么还只是在我梦中居住呢？

1984 年

旷野之歌

我伫立在旷野，
黑夜来临了，
少女歌声从远处传来，
使我想起清泉、露珠，
忧愁在这甜柔的歌声中消失。

无边的旷野，
黝黑的高山，
南风吹来醉人的芳香，
情怀，
像有触角的小路四处延伸。
我的灵魂，
一个自由的使者，
它感受到的是一支快乐的旷野之歌，
和闪烁的星星一起，
在作舒畅的旅行。

1984 年

寻 觅

春日寂静的夜晚，
星光隐藏在忧愁的云中，
不眠的路灯像温柔的女人，
睁着疲倦的睡眼，
孤独地守望未归人。

街道上有一人在散步，
无人知晓他是谁，
也不知他在这黑夜能想些什么，
他深沉的眼光从一座熟睡的楼落向另一座，
这城市仿佛他一人醒着。

1986 年

妈妈和孩子的对话

孩子问：
妈妈，爸爸为什么不流眼泪呢？
妈妈说：
男人和女人的眼泪不一样，
女人的眼泪从心里往眼睛里流，
男人的眼泪从眼睛往心里流。
孩子问：
妈妈，为什么爸爸总爱发脾气？
妈妈说：
因为爸爸的身体强壮。
孩子问：
妈妈，为什么你的头发这么香呀？
妈妈说：
因为妈妈搽香波波了，
孩子问：
可是你没有搽也香呀？
妈妈说：
那是因为妈妈心里还有一朵会发出香味的花。

孩子问：
妈妈，我什么时候能长大？
妈妈说：
当你心中充满爱的时候。

1986 年

旅　行

温柔的船笛在早晨把我弄醒，
湿雾在窗外笼罩着黄埔江面，
我纯洁的心境和这上海的早晨一同来到，
疲惫消失在无梦的夜晚。
我的妻子，
闭着宁静的双眼甜睡着，
空气中依然有主人为我们洒下的芳香。
为什么呢？
为什么带着春天的花朵，
到这里来呢？
北国的烦恼，
卸在黄山的绿茵中，
洒在西湖的水影里，
最终在这湿润的上海，
在阴暗的天空里释然了。

1985 年

早 春 之 夜

深夜的大街上疾驶过一辆车，
声音像在夜空中划过一道光，
远处有小狗可爱的吠声，
疲惫的人们早已进入梦乡。

在锅炉工肮脏的小屋里，
工人正摔着纸牌，
寒风从门隙中伸进来拥抱温暖，
炉火在微弱地跳跃着。

悄悄来临的春风在田野里，
温热的大地已像年轻的母亲在沐浴，
河上的冰块在小声地撞击，
庄严的黑夜在追逐着快乐的黎明。

1985 年

微笑的源处

你温柔的微笑是从哪里来的呢?
当你还是一个小女孩的时候,
妈妈精心把你打扮成一朵娇嫩的花,
她笑着望着你,
那温柔的笑就是从那时开始的吗?

你纯洁的微笑是从哪里来的呢?
当你长成一个美丽少女的时候,
从海的深处不断涌现上来的潮水冲击着你迷人的岸边,
你感动每一次袭来的潮期,
那纯洁的微笑就是从那时开始的吗?

你甜蜜的微笑从哪里来呢?
当爱情的波涛在你心中泛起的时候,
你的朋友一往情深地注视着你,
你激烈跳动的心无法表达,
那甜蜜的微笑就是从那时开始的吗?

1985 年

为什么要爱呢

我爱你，
我要对你大声说，
为什么不呢？
所有的爱都是正当的。
从长久凝视的第一个早晨，
从开始温存的第一个微笑里，
从柔润的颤抖的指尖，
从款款的甜蜜的话语，
爱就是这样诞生的。

为什么要愁苦呢？
为什么见了面要躲躲闪闪呢？
为什么脸儿要红呢？
为什么呢？
为什么不去大胆地追求呢？

1984 年

爱情与死亡

在爱面前，
我温软的一点力气也没有了，
请你救救我，
亲爱的人儿，
把我投向你温馨的怀抱里，
让我在你的爱中合上双眼，
让我死去。

我的爱像冬日漫长的夜，
痛苦又遥远，
为追求你我把什么都付出了，
我消瘦得只剩下一副躯壳，
和一个热望的灵魂。
我爱，
我知道，
但我只能对你做大声无望地号哭。

我来到你的身边，

甘愿放下我未酬的事业，
也愿从此走向我的毁灭，
在你纯洁的微笑里，
也即我的归宿，
我用快步走完我的一生，
这样的献身对我来说是值得的。

1984 年

哀悼一位未名女诗人

在许多知音的眼里不掩饰地露出哀伤，
满含惋惜的目光。
她未成名与世界过早地告别，
温柔地走来，
也温柔地走去，
留下几首小诗，
一篇散文，
刊登在被人遗忘的旧杂志上。
世界对她的微笑毫不赏识，
人也不能总是沉静，
她亲自调好的琴弦在一次巨大的共鸣中
全部绷断。
这总是一个谜，
那些嫉妒责备她好运气的人，
加入了为他送葬的行列，
也许只有死才能理解，
沉默的人把她送到无声响
无意识的另一个世界里，

让她的心恢复平静。
她从小就在争斗的旋涡里，
纯洁的微笑在春天里重又泛起，
阳光在一朵刚开的小花上戏弄，
树的阴影撒在寂静的路上，
那是她灵魂中的世界，
布满了超逸与庄严。

她是一个未名的诗人，
留下许多没有被发表的温柔的小诗，
有她幼稚的渴望，
也有对自由空气的遐想。
她去了，
知道她的人才感到她声音无邪的甜柔，
就像有名望的人，
一字一句在编辑那里才变成了闪光的金子，
她的名字还没有获得那样崇高的价值，
毕生为之奔走的诗集搁在断了弦的琴上，
灰尘占据了封面，
出版社的大人物坐在软椅上沉思默想，
诗集究竟有多少厚利，
序言为什么争写？
她的不幸的命运和父辈一样，
像一条小河受到两岸竹林的敬意，
群星会款待她，

大海为她的诗欢喜跳舞涌上岸来，
吻着她坐过的冰冷的石头。
密云在闪光中裂开一条缝，
雨就从这缝中洒了下来，
滋润着寂寥的原野、孤傲的高山，
因嫉妒而萎缩的心。

她的坚强的老父亲，
跌撞到无人知晓的夜雨中，
过多的忧愁染白了他的头发，
“我的爱女啊，且走慢些”，
他的双手伸向雨夜，
无声地呐喊。
（沉痛哀悼我的校友、女诗人陈幼京、陈企霞之女）

1987 年 5 月 9 日

西　　安

金色秋天里，
城市变了，
阳光温暖，
空气湿润。
城市间，
高楼上有你闪亮的眼睛，
梧桐树叶是你摆动的小手。
城市围绕着我，
你围绕着我，
跳着欢快的舞，
小雨飘落在我身上，
我沉醉在城市里。

1986 年

无　题

在这个寂寞、悲凉的世界上，
我孤独无援。
我总在抑制我悲伤的眼泪。
我心情忧郁，
强装笑颜。
是你在我心中点燃一盏灯，
照亮我前面漆黑的路，
你还用美丽无比的微笑，
驱散我生命里的阴云，
你使我一度忘记忧伤，
快乐起来。

1987 年

心灵漫步

柳

一

你柔软的枝条是你美丽的长发，你正轻拂的水面是你爱的吻。微风中琴儿弹起，你翩翩起舞。我多情地望着你，发现每一片叶子都是印着少女抿笑的嘴唇。

二

叶儿发黄了，渐露出斑驳的残迹，一阵秋风袭来，她瑟瑟发抖，说："我今天这般模样，只因我全给予了"。

三

柳啊，你的柔丝秀发脱落了，像一个孤独的老妇人久久地站在河边，睁大眼睛望着河水，雨打湿了你褶皱的黑衣，你该怎样熬过你的暮年呢？

1985 年 10 月 29 日

我的花儿

一

我心情沉重，孤立无援。我的命运的小船在海上漆黑的夜晚航行，我知道怎样能到达自由的彼岸，可当我全力拼搏的时候，突然掀翻我小船的风暴露出牙齿跳着舞来了。

二

我不知道怎样使我养育的花儿开放，在我总给她浇水施肥的时候，她却枯黄了。我明白，我的花儿不开放，是由于我自己心中没有开放的花朵。

三

在我生命的乐曲即将结束的时候，我才发现它在许多无意义的韵调中度过了。

1985 年 10 月 30 日

我的爱人

一

我的爱人，你美的倩影犹如镶进我心灵中的一颗宝石，使我从此知道了我内在的价值。

二

我的爱人，由于你的爱使我向善起来，你的爱的纯洁的小溪洗去我身上的一切泥点，我的心向你靠拢，变得纯洁。

三

她说：“爱我吗?”我说：“爱。”于是，这个世界又在我们的感受中向前走了一小步。

1985 年 10 月 31 日

艺术思考

一

我不知道如今的电视剧是怎样编出来的，它总采用玄之又玄的形式，说明一个异常简单而又异常荒唐的道理。

二

大量的艺术赝品被复制，充斥市场，如同毒品对人健康的心灵和身体造成的伤害一样。

1985 年 11 月 5 日

女 人

一

姑娘千滴的热泪湿了枕，柔肠寸断有谁知？

二

女子之不幸是总想建立自己坚固的窝巢，过于依附守旧了，窝巢终被男子无情地摧毁。

三

人们的眼光都集中在这个堕落的女人身上，想从她脸上寻找她堕落的痕迹，她黑的眼圈和深低的头满足了人们。为什么会是这样呢？勾引她的是我们男人，蒙受耻辱的却是不幸的女人！

1985 年 11 月 31 日

哀悼老友

一

肆虐的寒风发出哀鸣，街上是弥漫的沙尘，冰凉的夜晚就要来临了。晚归的汽车按着喇叭从你身边开过去。我的朋友，你还在大街上无目的地流浪吗?

二

肆虐的寒风发出哀鸣，街上是弥漫的沙尘，冰凉的夜晚就要来临了。少女身着各色呢大衣，脚穿长筒皮鞋从你身边匆匆而过，回到她情人的身边去了，没有爱你的人。我的朋友，你还在大街上无目的地流浪吗?

三

肆虐的寒风发出哀鸣，街上是弥漫的沙尘，冰凉的夜晚就要来临了。餐馆明亮的灯火不是为你的，你的口袋里已分文没有。我的朋友，你还在大街上无目的地流浪吗?

四

肆虐的寒风发出哀鸣，街上是弥漫的沙尘，冰凉的夜晚就要来临了。孩子都在家里偎在母亲旁边，你的母亲，却在遥远的城市里寻找你，沙粒迷了她那泪浸的眼，她悲声唤你。我的朋友，你还在大街上无目的地流浪吗？

五

肆虐的寒风发出哀鸣，街上是弥漫的沙，冰凉的夜晚已经深了，最后的电影也散了，街上连一个人都没有，风在无人的路上狂舞，纸片败叶飞扬，席卷每一个角落。我的朋友，你还在大街上无目的地流浪吗？

1985 年 12 月 10 日

无　题

我的鸽子被困在笼里，疲乏地唱着歌，我终日守着它，它的眼睛纯真而可怜地望着我。我对他说，“原谅我束缚了你的自由，外面自由的空气不是属于你的，因为你是群类中高贵的一个，猎人们到处捕捉你”。

我以和你平等的身份走到你的面前，向你诉说你已经得到，而我也可以同样得到，但还没有得到的东西，我渴望你的恩赐。我的眼睛和你的眼睛都是平视的，可你却要我低下头来，向你哀告，你要我在为你庆祝权力的宴席上，在美酒的沉醉中去诉说，我拒绝了。

权力使你在众人的心中变得伟大，人们尾随于你，崇拜赞美之声响彻天际。我明白，万人景仰的不是你，而是你的权力，有一天，你失去了权力，但还有财产，权力的遗传使你一劳永逸。伟大啊，只是权力，而不是你。

你在诸官之中唯一有纯真的笑容，当你把微笑布施给你所有的下属的时候，我们都感觉出我们是平等的，我们之中也有人反对你，就好像我们一定要反对目前一切权力一样，但我不反对你，因为你的微笑对我们来说太珍贵了。

我的呼声是微弱的，我的胆量也很小，在过去的时间里，许多该做的事都荒废了，黄金的机会都错过去，我知道我是可以表现我的胆略的，可我总在伟人身边走渡去，我过去崇拜他们，以致消磨了我自己的意志，我如今还是这样，但机会对我是不多了。

1985 年 12 月 16 日

窗前思语

一

癌细胞在肌体里恶化了，相信它今后是可以治愈的，但那是以后，可我更相信今天，今天，千万人在悲哀中死去了。

二

浩瀚的星空啊，你也像我这孤独的人一样寂寞吗？多少年来，你总是这样厮守，你在盼望着一个什么样的终结呢？

三

老树枯死了，在它的根底下又发出新芽。古老的河道被风沙填平了，新的河流又流向远方。大厦入云而倒下，连根基都是可以清除的，不要说古老的文明就能代表今天的文明，昨天的已经过去，明天的更不是今天。

四

小鸟对窝巢说，“什么都让我尽情吧，烦闷时让我离开你，欢乐时让我又回来”。

五

春雨从天空落到地面上跳起舞来，春之声就在潮湿的空气中传布，我的心和着这舞乐也颤抖起来。

六

女人是一朵娇贵美丽的鲜花，欣赏她时愈美丽，贴近她时，香气愈迷人，占有她时，一切全消失。

七

女人的脚是花根，腿是花茎，身是花瓣，脸是花蕊。

她穿红色衣服时，脸是洁白的花，她着白衣服时，脸是红色的花。

她的嘴唇露出微笑时，是花在开放了，她的眼睛微闭时，是花含羞地合上了。

爱女人吧，因为世界是由她们禀意创造的，美丽也是由于她们装点起来的。

八

女人是一首诗，男人是她的诗人。

九

室中的花儿呀，你为什么只开着惨惨的花而不结果呢？我是想，在远古的一天，人们把你搬进了房中，你便没有蜜蜂为你传情，风为你递爱了。

十

风在天空中大声的悲鸣，它是在为自己不幸的流浪命运而哭泣。

为什么？为什么扯坏我家园绿色的屏障呢？我无家可归，把我放逐到漫天之中。

风在追逐着少女的长发，眯了孩子的眼，从窗子闯进人们的家，它的悲哀变为愤恨，说“战争已经结束了，我为你们受了伤，送我回故里吧。”

1983 年

写给哈雷慧星的小诗

一

地球的伙伴哈雷来了，对地球说，“朋友，你的重负越来越多，头发过早地白了。”地球说：“理性已经束缚不住我的人类了，我担心我的晚年会孤独凄凉地度过。”

二

哈雷再和地球见面，我们已经死了。我们相对哈雷和地球真是太短暂了，相对的在无限之中，无限的也是相对的。朋友知道这个，轰轰烈烈地度过自己的一生吧。

三

有朋自远方来，不亦乐乎。地球伸长的眼睛在迎接它的伙伴，喊道："哈雷呀，停一停，宿一觉吧"。

为了友谊，两兄弟在空中接了吻，哈雷的尾巴轻抚了一下地球，就匆匆赶路了。

四

哈雷呀，你伟大的旅行者，你在寂寞的太空做不疲倦的旅行，你美丽的尾巴上的小星，由无数个动人的故事编织而成，你来到了我们的身旁，把你的秘密向你的孩子透露一点吧。

1986 年

细雨中

一个阴雨的下午，天空堆着愁倦的云，雨水无声地落在湿土里，小溪载着雨滴迅疾地流着。我来到这雨天里，在渺无人迹的旷野里不停地走着，雨水湿了我的发，湿了我的肩，我的全身溶到这茫茫的世界中去了。

我是在寻找什么？视野里的山都变成了黛色，湿云缠绕着她的身子，仿佛勇士在做着一个童年的梦，在通往她的山脚下，足迹都被雨水淹没了。在鸿蒙未开的年代里，失去的是荒唐和凌乱的，而今的，而今的是让人不解的深思痛悼的细雨蒙蒙。

我是在等待着什么？小草伸开它嫩绿色的双臂，雨滴落下来，在她的身上吻着她，一朵淡紫色的小花开了，在无人知晓的雨天里开了。这是孤独的爱，她在等候着她的情人。

1986 年

无 题

我必须出到海上去，驶向遥远的海岸，我无为的时间太长了。

船早已建造好了，我却总在检查舱底，在准备出海的工具。

海上平静的日子过去了，暴风雨的夜晚也过去了。

我守望带来的是何等的悲哀啊，我不知什么时候才能航行海上到达彼岸而享受胜利的喜悦呢？

我的炽热的灯下，总有小虫儿在飞舞，他们喜欢光，为光死去。

它们在跳跃，在挣扎，最后排列在桌上，没有一点声息。

每天都是这样，短暂的夏夜总在演奏着生命的终曲。

人不也在乐曲中走向未来吗？度过了英雄和美女的时代，行进的号角永不疲倦地吹着。

1986 年

只因我爱你

女人，只因我爱你，让我一生伏卧在你的脚边，做你的奴隶。

女人，只因我爱你，让我抛弃人间的一切品德，情愿羞耻之火把我的心焚成灰烬。

女人，只因我爱你，让暴风雨的鞭子猛击我孱弱的身躯，让愤怒的洪水裹挟沙石将我冲到野兽出没的荒凉的野滩里。

1983 年 7 月

爱人，宽恕我

一

别抛弃我，我的爱人，我的灵魂在你面前已经剥得赤裸，当你说你爱我的时候，我就把我彻底献给你了，我的本性，和我的弱点全掌握你手里，你不要我，我生命的小船在海里就会顷刻触礁沉没。

二

别抛弃我，我的爱人，你理解我作为女人的温柔，在多次你恶意咒骂我时，我都在容忍与沉默中度过，我最大的任性也不能战胜你残酷的冷漠，我伤心的哭声表示我赢了又输了，我的爱人，你永远是胜利者，而我唯一的乞求是以你的胜利者的姿态宽恕我。

1983 年

我的姑娘

我的姑娘，不要总以深情的目光凝视着我，我有一颗软弱而细腻又多情的心，我能猜出你目光中包含着的意味。

我的姑娘，不要把你打扮得太美丽，当我目送你远去，随风飘动的红色连衣裙时，那给我太多的想象，甚至你裸露的双臂和雪白的胸，我以为都是为我的。

我的姑娘，不要给我太多的重负，虽然我满心喜欢为你尽心尽力，可是我的心承受不了，那里储藏着浓重的爱意，在重负下它要死去。

1983 年 9 月

你哪儿去了

你一去不复返了，一点儿音信都没有，你最好的朋友每年从燥热的七月等到寒冷的十二月，你的朋友守候在河岸，从河那边没有吹来一片绿叶。

你到哪里去了，你真得连你往日最好的密友都不要了吗？那许多充满欢乐和忧伤的日子，这些温柔的感情，你一点也没有带去吗？

你携着你的新爱，永远地到河那边去了，你以为你最好的朋友会嘲弄你的感情，会骂你把他抛弃了。不会的，你的不定的心和你丰富的爱，已被你最好的朋友完全接受了。

1983年

献给朋友

我的朋友，你真的居住在另外一个冰凉的世界，我的梦里多次与你相见了，有时我携手与你共乐，有时你却真得死去了，我相信我的梦是假的，总有一天你的微笑会重新出现。

我的朋友，今生今世我欠你的太多，你给我带来无尽的快乐，我却不能分担你的一点忧伤，也许，抛弃了我的财产和我未酬的事业，能救你于不死，可是，我自私地守望虚空，如今，我既失去了朋友，也失去了财产和事业。

我的朋友，我简直就是世上头号无赖，我没有报答你对我的恩情，却把你推向死亡，我不能把你解救于死亡之中，我的生命也必将追随你而去。

1985 年

我的爱

在我爱的绝望当中，你使我苏醒，是你在我已经沉静下来的血液当中，又注进了新生的血，使我重新喜悦激动起来。

我的爱的脉搏在微弱地颤动，我的孱弱的心已失去了任何反抗的能力，是你爱的呼唤，使我重新变得勇敢无畏起来。

秋末的时候，所有的树叶都落了，果实在风中摇曳，娇嫩的盆花被端进温室，我被遗在露天里。是你温热的手把我端进你的房中，摆设在你的花丛里，因为你，我的花朵又重新开放起来。

1985 年 12 月 10 日

爱之光

(一)

你使我获得了新生，你是永远快乐的，并且已经传染给了我，我的以往的苦药汁，你品尝了，又把它倒掉，你以新的蜜汁又把它充盈。

你的微笑是圣洁的，从第一天起，它在我的心中永驻，从这地到那地。

无雨而潮湿的天空传来你的歌声，平湖的荷花为你开放，我的心在你的声音中溶化了。

你的善良是无边的，对我你只是无数快乐的给予，在你行为的意义当中，我知道你的爱是来自永恒太阳之光的。

(二)

我要为你演唱，但我不敢看你，你的美丽使我的歌声晦涩。

我的歌声和我的情感因着你的绝美向四外飞扬，企望这声音达到你的心，筑起一座爱房。

我的歌声最终使你感到快乐，你的眼泪在金色阳光下的花瓣上晶莹闪烁，你理解我为你所编歌词的意义而喜悦。

我的歌声把我带到了一个未曾到过的领域，那是属于你的，我的语言和行为达不到，我的歌声却深深达到了。

我要永远为你歌唱，我知道，只有你一人把我称为你的歌唱家的。

1985 年 12 月 10 日

爱之歌

我爱啊，爱，我在炎热的沙漠上困乏地耕耘了半个世纪，我一无所获，我生命的源泉在漠漠的沙中枯干了，爱，输给我新意的奔流的血液吧。

我爱啊，爱，我总在有月的无眠之夜哼出单调的情歌，我的声音从窗子飞向夜空，织成一副虚空的网，我由于心中缺乏力量，爱，你让我重新从黑暗中走出来吧。

我爱啊，爱，在许多漫长无理性的日子里，毒蛇般的欲望在卑鄙的情感的支配下，把纯洁的童心都污染了。爱，以你热情奔涌的洪水，淹没那正在燃烧的毒焰，使我的心重新恢复自然吧。

我爱啊，爱，今生今世我将在你中生活，我将用我后半个世纪的整个时光，用我的六弦琴，弹出由你在我内心谱写的永恒的乐曲。爱，你挽救了我，让我去爱那些为人所轻视和我一样犯过罪的人吧。

1985 年 12 月 10 日

心扉十一帧

一

我的一切向你袒露，由你权衡，我是赤裸着身子来到你面前的，并把我能致之命的武器给了你，我合上了双目，等着你最后的宣判。

二

我虚伪的心，被你孩子般的纯真感动，最后死去了，我生的活力给我的勇气，即使我被你击中了，我的第二次生命也将在无愧于你中欢乐地死去。

三

姑娘，你的昔日的情人在把爱给你的时候，也把痛苦给你了，今天，暮色中他把爱收回了，你哭着要他把痛苦也一起拿走，可他把痛苦却永远留给你。

四

姑娘，你独自在黑暗中饮泣，你把最为美丽时刻的容颜献给你的爱人了，他带着他在高等学府里取得的荣耀，因为这荣耀又为群芳所羡，他径自到花丛里捕捉彩蝶去了。

五

我如一切卑劣的男人一样，粗俗地估略了你的爱，你哭了，痛苦的泪水为你不幸的遭遇所流，在你的眼泪中我惊慌不已。

六

你的微笑犹如太阳驱散乌云，而使我的心中光辉灿烂。

你的微笑犹如冰山上的一朵雪莲，纯洁无比，我心中的淫欲的念头，在你的微笑中颤栗。

你的微笑犹如春暖坚冰，而使我严封的心，在你春之声下翩翩起舞。

七

来到你的身边，我的纷忧的心才安静下来，我万般皆休，只在你甜蜜的微笑中享受无法形容的快乐。

你是在我生命黑夜里燃起的一盏瑰丽的灯，我所遭受的是残疾人所遭受的屈辱，反抗也无济于事，我只有寻找到你的身边，我疲惫的心才能领受你灿烂光辉而重新振作起来。

即使和你无言以对，我的心也消融在你的欢愉之中。这对我是羞于诉说的，就像花朵在夜里盛开她最美丽的花瓣。

八

我不是最美丽的女郎，但我的心定要向你开启，请接受我的爱吧。

和你走在一起，也许不能给你带来荣耀，会使你在朋友面前羞于启口，但是你还是以爱来抚慰由于“不美”给我带来的痛苦吧。

九

我知道，当你抛弃了虚荣，在深的无眠之夜，你的爱会在一瞬间掠过你慈悲的心头与我合一，我们的爱织成珠串，我祈祷：让它发扬光大吧。

我和所有的女人一样，总带着一种出生不幸来到男人的身边，男人们像选择商品一样选择我们，在珠光宝气里面，我又有了第二次不幸，几乎被尘土掩埋的命运之中，落到了你的脚边。

十

所有的爱让我痛苦，而你的爱独让我幸福，我知道了，这是我爱的归宿。

十一

当我爱别人时，只想得到什么，而我爱上你时，却想全部给予。

1986 年 3 月

表　白

一

我的心什么时候能走到你的身边，在你纯洁的水中沐浴。我宁愿我无知的像个婴儿，回到我那天使般的时代。

二

在你的微笑里，我才知道世界是你的，你不知道什么是真正的痛苦，白云会变为雨云，雨云会带来雷电，大雨过后又是晴朗的蓝天，即便是你的悲愁，也纯洁如水，惹人怜爱。

三

你的哭声很多，也很哀，你为你的爱失声而哭，他狠心撇下了你，走到很远的地方，花儿开了又谢了，他还没有来到你的身旁。

1985 年

歌　者

一

我在大街上绝望而又悲伤地走着。

我为我内心里秘密的爱而走着，可是我的爱人并不知道。

我在她每日走过的街上不停地走着，商店关门，行人都走尽了。

我的身子乏倦，来到通往她闺房的巷口，往深处张望。

我羞怯，气血凝住了，我想见到她，又怕见到她。

二

你是我心中的女王，当你骄傲地来到我的身边的时候，你并没有施于我微笑。

在你善良的目光中，我知道你的心胸像草原一样宽广，你的纯洁的思想不会想像一个流浪者会把你痛苦的爱上。

三

你向我走过来了，你的表情是严肃和神圣的，我消除了我的紧张，你同情地询问我，我马上意识到我的无望。

你从我身边悠然而过，我克制我不看你的背影，我惨然望着落日，依然为你走着。

我激动又痛苦地走着，我为爱不停地走。

四

我从遥远的山村，来到属于你的喧闹的城市，我忘记夜晚没有归去的车了，我连一个朋友都没有，哪里有我夜晚的栖身之处呢?

我把我所有的都奉献给你了，我忘了我一无所有，在我对你的爱中，我失去的也永世找不回来。

五

我勾勒出这样一幅图画：夜深的时候，我来到你的窗下，听到你的笑声，你对妹妹说：“我爱上了他。”你又描绘出我美好的形象。

我的心中充满了惊喜，轻叩你的窗，你妹妹怂恿你出来，你轻身单衣来赴我们的约会，我看不清你的脸，却握住了你温热的手。

六

你知道我的苦爱，你说男人大多数是坏人，得到的并不珍惜，像君王得到了宝座，便疯狂地奴役人民。

你说男人的大多数，我可在少数之列，你如果说是欺骗，那就是锤炼我对你的爱呢。我敢宣布：爱不是禁锢，是真正的自由。

七

我不敢爱你，把我流落街头编成的凄凉的歌献给你。我的爱人，自此我就远去了，十年不归，我去追寻对你爱的勇气和力量。

八

我的秘密情人，我幸福地这样称呼你，你见到我写给你的歌，知道我爱你，我也绘画出你读我的歌。天空为你洒下悲愁的雨，你知道我歌唱的意义吗？

1984 年

后 记

这本《旷野集》中的绝大部分诗创作于20世纪八十年代，距今已近30年了。那是大学快毕业和毕业后的几年，突然如痴如狂地迷上了诗。大学期间，我虽读的是政治专业，但却在课余阅读了大量的外国诗，如普希金、拜伦、莎士比亚、裴多菲、歌德、惠特曼……当然，最喜欢并且受其影响最大的应该是泰戈尔。我记得从学校图书馆里借了一本《泰戈尔诗选》，读了很多遍，爱不释手，市面上也买不到，就把200多页的诗选手抄了下来，当时，宁夏大学的学生时兴在一种塑料皮本子上抄写诗歌。后来每到书店，我就想买一本与大学时代读过的《泰戈尔诗选》一模一样的书，但始终没有买到，不过买了若干本其他版本的泰戈尔诗集。那时也读国内诗人的诗，如北岛、舒婷、顾城等诗人的诗以及台湾诗人余光中的诗，还有老诗人徐志摩、艾青、流沙河等的诗。在读诗的过程中开始写诗。

那时，感觉诗很美，有格律，特别是有一种美好的意境。小时候曾受到过我国古诗的启蒙。大概是“文革”期间十几岁的时候，没有什么书可读，偶然看到一本废弃的老的中学课本，里面有古诗：“白日依山尽，黄河入海流，欲穷千里目，更上一层楼。”还有“两个黄鹂鸣翠柳，一行白鹭上青天，窗含西岭千秋雪，门泊东吴万里船。”读后就感觉到很美，有很强的感染力。后来又找到了当时还被当成禁书的《红楼梦》和《三国演义》等古典名著，除被书中精彩的情节所吸引，也被其中诗词深深感动。如《红楼梦》中林黛玉写“葬花”和“秋”的诗都非常喜欢，能够整个背下来，至今不忘。

诗言志。有人说，如果把文学比作一顶皇冠，诗歌就是皇冠上的明珠。所谓诗意，其实所要表达的就是诗人的情感。诗是表达诗人情感最好的载体，它以凝练含蓄的语言表达出极为丰富的内涵。他要创造美好的思想、美好的语言和美好的意境来感染读者，它应该让人能够读懂，让读者能够喜欢。我是本着这个原则来创作的。

毕业后我被分配到灵武一中任教，开始大量写诗。我把写诗看得太容易了，写了几年诗没有编辑能够看上。后来杨森君老师毕业也分到一中任教，把我的诗发表在他创办的灵武一中学校诗刊上，又把我的诗推荐给《六盘山文艺》发表，那是我发表的第一首诗，时间是 1988 年，距今 26 年了。

1988 年调回石嘴山矿务局以后，由于种种原因和森君老师联系不上了。我自己孤独地又写了一段时间诗，那情景真好似“瘦的诗人，把泪洒在花瓣上。”坚持写诗写到可以成为一本诗集了，我就把它编好封起来，所谓《尘封集》。有时年复一年看着诗集上不断增厚的灰尘感叹：“一年三百六十天，风刀霜剑严相逼，明媚鲜艳有几时，一朝漂泊难寻觅。”幸亏我爱人很喜欢我的诗，她是我的忠实读者，我为她写过许多诗，开始她把我的诗精心手抄，后来又用电脑打出来并挑选了部分诗作发表在QQ空间与网友分享。

好多年我有这样一个密愿：没有著名诗人森君老师的肯定，我不想出这本诗集，虽然之前我可以自费出这本书。到今年2月，终于通过我灵武的学生和森君老师取得了联系，把诗集发给他了，想请他提提意见。不料，他十分认真，有一天看到半夜，给我打电话说读后感到“震惊”，并且热情地把我的诗集推荐到出版社出书。这是我完全没有想到的！尘封了近30年的诗，在老之将至，退休之年出版年轻时写的诗，我心潮起伏、感慨万千。

森君老师是我文学道路上的贵人。他很有诗才，上世纪80年代初，他上大学期间就在各种刊物上发表诗了，我经常阅读诗，很早就知道他。历经沧桑的他早已是国内著名诗人，中国作家协会会员，出版了多部诗集、评论和散文随笔集等。不仅如此，森君老师在国际上也有一定影响，2011年5月，他的诗《父亲老了》被IB（international baccalaureate）国际文凭组织中文最终考试试卷卷一采用。我曾看到评论家这样评论杨森君，说从20世纪九十年代以来，很多诗人都放弃写诗了，包括宁夏诗人在内，他是宁夏为数不多的始终坚守诗歌这块阵地的人，而且卓有成就。

而我呢？长期的行政工作消蚀了我，我被异化了，没有写诗的时间和情愫，我也真切体会到，文学的路太艰难，要有才能、坚韧不拔的意志和机遇。文学上，虽然我早年写了一本诗集、一本小说（小说的命运和诗集基本差不多），还

有其他若干，但也只是写了而已。

编完此书，掩卷而思，想说很多话，但最想说的就是，我衷心感谢杨森君老师、高耀山老师、王佩飞老师鼓励我、帮助我联系出版这本诗集，没有他们，这本诗集将永远尘封着。

2014 年 5 月 16 日